KB073986

별무리
Constellations

별무리
Constellations

닉 페인
Nick Payne

성수정 옮김
구현성 그래픽

미나에게

그리고 이 희곡을 아빠에게 바칩니다

환원주의자들의 세계관은 매우 냉담하고 인간적인 면이
전혀 없다. 이 논쟁에서 올바른 결론을 내리려면, 개인적
인 선입견이나 선호도를 완전히 배제하고 오로지 진실만
을 받아들이는 자세가 먼저 확립되어야 할 것이다.
—— 브라이언 그린 지음, 박병철 옮김, 《엘러건트 유니버스》(스티븐
    와인버그 재인용, 승산, 2002)

과학은 여전히 마술의 통로다. 지식을 통해 더 강력해진 인
간의 의지로는 못 할 일이 없다는 믿음의 통로인 것이다.
이런 식으로 과학과 마술을 혼동하는 것은 고칠 수 있는 일
이 아니다. 이런 혼동은 근대적 삶에서 떼어낼 수 없다. 그
런데 죽음은 이러한 삶의 방식을 도발한다. 죽음은 의지가
더 이상 나아갈 수 없는 한계를 나타내기 때문이다.
—— 존 그레이 지음, 김승진 옮김, 《불멸화 위원회》(이후, 2012)

왜 우주에 목적이 있어야 하나? 우주의 목적에 대한 질문은 인간 정신의 발명을 낳았지만, 학문적 추구와 이를 추구하는 학자들의 심리학을 조명한다는 점 외에는 그다지 중요하지 않다. 우리는 물질적인 것들에 대해 인간적인 태도와 질문을 부과해서는 안 된다. 내 생각엔, 우리의 위풍당당한 우주가 그냥 거기 떠 있다는 것, 완전히 아무 목적 없이 그렇게 존재한다는 것이야말로 상당한 위엄을 보여주는 것이다.

___ 피터 앳킨스Peter Atkins, 《존재에 대하여On Being》

M
for Marianne
마리안

R
for Roland
롤란드

일러두기

"~~~~~~"은 다른 우주를 뜻한다.

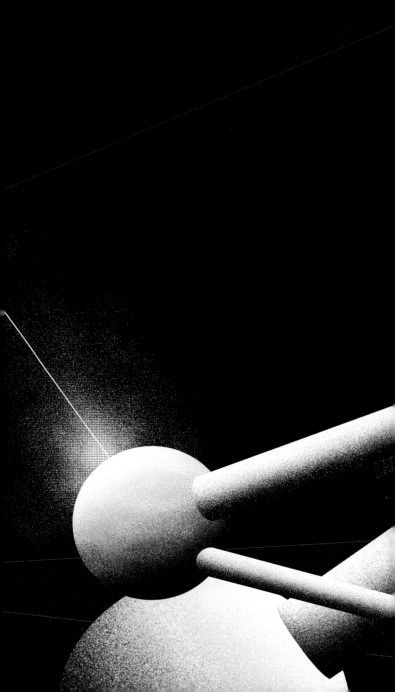

M 팔꿈치를 핥는 게 어째서 불가능한 줄 알아요? 팔
   꿈치 끝에 불멸의 비밀이 담겨 있거든요. 만약 당
   신이 팔꿈치를 핥을 수 있다면 당신은 영원히 살
   수 있을지도 몰라요. 그런데 모두가 그럴 수 있다
   면, 모두가 자신의 팔꿈치를 핥을 수 있다면, 보나
   마나 카오스 상태가 되겠죠. 그냥 계속 살고 또 살
   고 또 살아갈 수는 없잖아요.
R 나는 그래요. 연애 중이거든요. 그래서, 그래요.

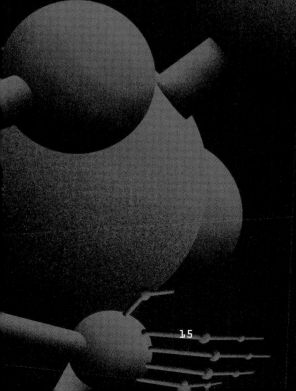

M   팔꿈치를 핥는 게 어째서 불가능한 줄 알아요? 팔
    꿈치 끝에 불멸의 비밀이 담겨 있거든요. 만약 당
    신이 팔꿈치를 핥을 수 있다면 당신은 영원히 살
    수 있을지도 몰라요. 그런데 모두가 그럴 수 있다
    면, 모두가 자신의 팔꿈치를 핥을 수 있다면, 보나
    마나 카오스 상태가 되겠죠. 그냥 계속 살고 또 살
    고 또 살아갈 수는 없잖아요.

R   난 그랬어요. 바로 얼마 전까지 아주 진지한 연애
    를 했거든요. 그래서, 그래요.

M   난 그냥 얘길 좀 나눠보고 싶었어요.

R   그래요.

M   그냥 대화를 좀 해보려던 거예요.

R   아니, 그래요. 하지만. 그래도.

M 팔꿈치를 핥는 게 어째서 불가능한 줄 알아요? 팔
  꿈치 끝에 불멸의 비밀이 담겨 있거든요. 만약 당
  신이 팔꿈치를 핥을 수 있다면 당신은 영원히 살
  수 있을지도 몰라요. 그런데 모두가 그럴 수 있다
  면, 모두가 자신의 팔꿈치를 핥을 수 있다면, 보나
  마나 카오스 상태가 되겠죠. 그냥 계속 살고 또 살
  고 또 살아갈 수는 없잖아요.
R 아, 그래요.
M 해봐요.
R 뭘요?
M 당신 팔꿈치요, 핥아봐요.
R 난 괜찮은데.

마리안, 자신의 팔꿈치를 핥으려고 해본다. 만만치 않다.

M 난 마리안이에요.
R 롤란드.
M 세상에. 드디어 비가 그쳤어요.
R 그렇군요.
M 눅눅한 바비큐는 정말 질색이에요.
R 그렇죠.
M 눅눅한 소시지 말예요. 한잔하실래요?

R   괜찮아요. 방금 전에 아내가 내 맥주를 가지러 갔
거든요.

~~~~~~~~

M   해봐요.

R   뭘요?

M   당신 팔꿈치요, 핥아봐요.

마리안, 팔꿈치를 핥으려고 해본다. 만만치 않다. 롤란드, 처음엔 망설이다 자신의 팔꿈치를 핥으려고 해본다.

R   당신이 무슨 얘길 하려는 건지 알겠어요. 난 롤란드예요.

M   마리안.

R   비가 오다니 정말 질색인데요.

M   눅눅한 바비큐도 정말 질색이에요.

R   어, 당신도, 당신도 제인 친구인가요, 아니면…

M   아뇨, 제인, 그래요. 제인과 난 같은 대학을 다녔어요.

R   그렇군요.

M   당신은?

R   아내가 제인과 같은 직장에 다녀요.

~~~~~~

M   당신 팔꿈치요, 핥아봐요.

마리안, 팔꿈치를 핥아본다. 만만치 않다. 롤란드, 처음엔 망설이다 자신의 팔꿈치를 핥아본다.

R   당신이 무슨 얘길 하려는 건지 알겠어요. 난 롤란드예요.

M   마리안.

R   비가 오다니 정말 질색인데요.

M   눅눅한 바비큐도 정말 질색이에요.

R   어, 당신도, 당신도 제인 친구인가요, 아니면…?

M   제인이 누구죠?

R   어, 제인은… 저기 바비큐 굽고 있잖아요?

M   아, 그래요. 오 이런, 아니에요. 난 그냥 지나가다 공짜 술이랑 소시지가 쌓여 있는 걸 보고. 아, 농담이에요.

R   그렇군요.

M   제인과 난 같은 대학을 다녔어요. 당신은요?

R   난 톰과 축구를 해요.

M   톰?

R   제인 형부요. 저기 푸르스름한 티셔츠.

M   그렇군요.

R   한잔 어때요?

M 괜찮아요. 고마워요.

R 그럼 뭐라도, 무슨 일을 하죠? 직업이요.

M 서식스 대학에서 일해요.

R 그렇군요. 굉장하네요.

M 그쪽은?

R 벌을 길러요.

M 정말로요?

R 네, 네.

M 정말로 벌을 기른다구요?

R 정말로 벌을 길러요.

M 나 꿀 엄청 좋아하는데.

R 아, 그래요?

M 꿀 한 스푼을. 항아리에서. 천국이에요.

R 주로 어떤 꿀을 먹어요?

M 아, 쪽팔리는데.

R 무슨 소리죠?

M 당신에게 말하기가 너무 쪽팔린다구요.

R 왜요?

마리안, 롤란드 귀에 속삭인다. "난 테스코 꿀이 좋아요. 정말 싼, 교도소 줄무늬가 있는 거요."

R 괜찮아요.

M   정말요?

R   물론이죠.

M   나 때문에 정직하게 열심히 일하는 양봉가들이 망하는 건 아닐까요?

R   그렇지는 않을 걸요.

M   취향이 천박하다고 생각하겠죠?

R   슈퍼마켓 꿀이 전부 후진 건 아니에요.

M   정말요?

R   그럼요. 어떤 것들은 나쁘지 않아요. 그래요.

M   그럼⋯ 내 말을 오해하지 않았으면 하는데요. 그러니까 그게⋯

R   말해봐요.

M   그게⋯ 먹고살 만해요?

R   그럼요. 네.

M   내 말은, 양봉으로요.

R   양봉으로요.

M   어떻게⋯ 그러니까 어떻게⋯

R   글쎄요. 전에, 친구가 양봉하는 걸 도와주게 됐어요. 윌트셔에서.

M   근사하네요.

R   그러다 얼마 안 가서 내 사업을 해봐야겠다는 생각이 들었어요. 그런데 내, 내 여친이⋯ 전 여친이요⋯

M   삼가 고인의 명복을 빕니다.

R   뭐라구요?

M   아니… 난… 내 말은…

R   그렇군요.

M   고인의 명복을 빈다구요. 그러니까…

마리안, 손가락으로 목을 그어 보인다. '죽었다구요.'

R   그렇군요.

M   이건 그냥…

R   알아요.

M   아무튼, 당신은…

R   네, 아니, 그런데, 그녀는, 내 전 여친은 런던으로
     이사하길 원했어요. 그래서 우린 타워 햄리츠에 있
     는 이 원룸으로 옮겼죠.

M   그분이랑 헤어진 거 하나도 이상하지 않아요. 세상
     에. 나라도 윌트셔를 떠나 타워 햄리츠로 이사하자
     고 하면 헤어졌을 거예요.

R   실은 아직도 거기 사는데.

M   카레 맛집들이 많죠.

R   공간이 하나도 없었어요. 양봉을 할 만한.

M   그랬겠어요.

R   정원이 없었거든요.

M 그러니까요.

R 그러다 하루는 옥상에 올라갔는데 거기가 완전 딱 이더라구요. 그래서 정리를 좀 하고 내 첫 번째 벌 통을 설치했죠.

M 대단해요.

R 하나가 둘이 되고 둘이 넷으로 불어났어요. 그러 다, 그러다 여행을 다녀오게 됐어요. 나랑 로라요. 스페인에 다녀왔는데, 돌아와 보니 아파트에 경찰 단속이 있었던 거예요.

M 단속이요?

R 난 꿀을 쓰레기 봉지에 보관했거든요. 그 검은 비 닐로 된 쓰레기 봉지 아시죠…

M 알죠.

R 그 당시엔 돈이 별로 없어서, 쓰레기 봉지는 저렴 한 대체물이었죠. 우리가 집을 비운 사이, 이웃에 사는 한 분이, 이웃 사람 한 분이 경찰에 신고를 했 대요. 내가 마약이나 뭐 그런 걸 제조한다고 생각 했나봐요. 그들은 절차에 따라 일을 진행했어요. 경찰이요. 현관문을 걷어차고 들어와 아파트 안을 뒤집어엎고 쓰레기 봉지들을 몽땅 압수해 갔죠, 놀 랍게도 꿀과 벌통들이 잔뜩 들어 있는.

M 정말 그런 일이 있었다구요?

R 그래요.

M   꿀을 쓰레기 봉지 안에 보관했다구요?

R   그래요.

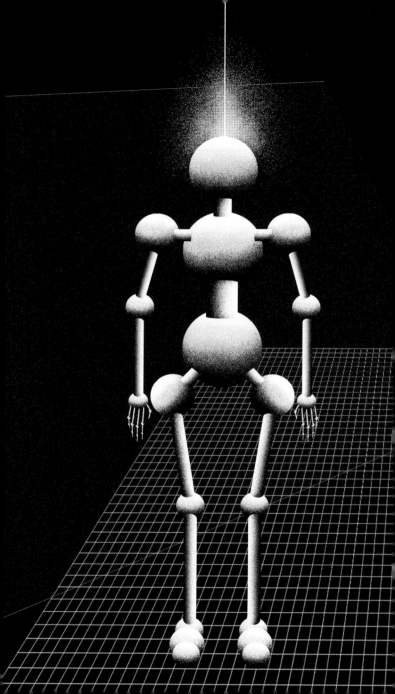

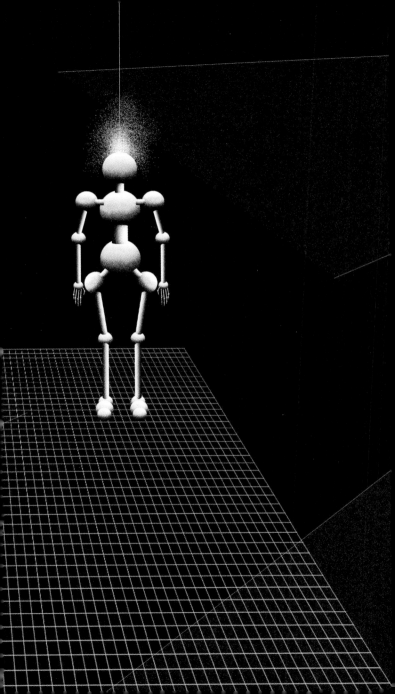

M   롤란드, 나 학교로 돌아갈 수 없을 거 같아.

R   그들이 그러래?

M   나한테는 아주 잘해줘.

R   그럼 당신이 그러겠다고 했어?

M   아니 아직.

R   하지만 그럴 예정이라는 거야?

M   그럴 것 같아.

R   하지만 아직은 학교에다 아무 얘기 안 한 거지?

M   나더러 하고 싶은 대로 하래.

R   그럼 파트타임은 어떨까?

M   그래야 할 이유를 모르겠어.

R   파트타임을?

M   내가 해야 하는데 아니면

           내가   해야

           내가 하든 안 하든. 무서워.

R   일하는 게?

M   그만두는 게.

R   일을 그만두는 게 무섭다고?

M   앞으로 어떻게 해?

R   우린 떠날 거야. 우린 뭐든 원하는 걸 할 수 있어.

M   난 못…

R   나 진짜야.

M   난 못…

R   진심이야.

M   난   난 못…

우린 할 수 없어. 난   난   난 해야 해.

난 선택해야 해.

컨트롤.

~~~~~

R　내가 갔으면 해요?

M　싫은 게 아니라, 그래요.

R　내가 뭘 잘못 했나요?

M　아뇨.

R　내가 무슨 말실수라도, 기분 상했어요?

M　아뇨.

R　멋진 저녁을 보냈다고 생각했는데.

M　그랬어요.

R　당신이 먼저 집으로 오자고 했잖아요?

M　알아요, 하지만, 곰곰이 생각해보니…

R　당신이 먼저, 안으로 들어갈래요, 했잖아요.

M　알아요, 알아. 하지만 이제 마음이 바뀌었어요. 마음이 바뀔 수도 있는 거잖아요, 안 그래요?

R　그럼 난 이유를 물을 수도 있겠네요.

M　난 그냥… 난 그냥 더 이상 진도가 안 나갔으면 해요.

R　적어도 이러는 게 나 때문인지 아닌지는 말해줬으면 좋겠어요.

M　난 그냥…

R　구체적은 아니어도… 대략적으로… 대략적으로 말해달라는…

M　개인적으로 이런저런 일들을 겪는 중이에요. 요즘. 그리고 당신 말이 맞아요. 우린 정말 멋진 저녁을

30

보냈어요. 그리고 여기로 돌아오는 건 내 생각이었
어요. 그런데 난 그냥, 우리가 집 안으로 들어오자
마자, 그런 생각이 드는 거예요… 그냥 그런 생각
이 들더라구요…

R   내가 갔으면 해요?

M   싫은 게 아니라, 그래요.

R   내가 뭘 잘못 했나요?

M   아뇨.

R   내가 무슨 말실수라도, 기분 상했어요?

M   아뇨.

R   그럼 이해가 안 되는데?

M   당신더러 이해해달라는 게 아니에요, 가달라는 거죠.

R   야 좋나 대단하네, 안 그래?

M   뭐라구요?

R   네가 이러자고 했잖아.

M   이런 매력적인 분을 몰라뵀네요.

R   말이 그렇다고.

M   알겠어요.

R   무례하기 짝이 없군.

M   그래요. 당신 이제 가주면 좋겠어요.

R 가봐야겠어요.

M 그러지 않아도… 내 말은 그렇게 느끼지 않아도 되는데.

R 내일 정말 아침 일찍 일어나야 해서.

M 얼마나?

R 여섯 시요.

M 그래도… 내 말은 그러니까… '나의 은신처에 오신 걸 환영합니다'는 아니지만… 아 나 지금 뭐라는 거야… 그런데 그러고 싶으면 그래도 되는데. 좀 더 있어도.

R 아니, 가봐야겠어요.

M 어, 이봐요. 내 말은… 정말 멋진 저녁 고마워요.

R 나도 마찬가지예요. 그래요.

M 우리… 내 말은 당신이 시간 날 때, 우린 생각해봐야 해요…

R 그럼요. 그래요.

M 참. '나의 은신처'는 농담이었어요.

R 다시 와요?

M 이거 소파침대거든요. 내 침대에서 자지 않아도 된다구요. 그만 입 다물어, 마리안.

롤란드, 마리안 뺨에 '굿바이' 키스를 한다.

33

~~~~~~

M   싫은 게 아니라, 그래요.

R   내가 뭘 잘못 했나요?

M   아뇨.

R   내가 무슨 말실수라도…

M   아뇨.

R   멋진 저녁이라고 생각했는데.

M   그랬어요.

R   당신이 먼저 집으로 오자고 했잖아요?

M   네, 알아요, 하지만 곰곰이 생각해보니…

R   당신이 먼저, 안으로 들어갈래요, 했잖아요.

M   알아요, 알아. 하지만 이제 마음이 바뀌었어요. 마음이 바뀔 수도 있잖아요. 안 그래요? 난 그냥… 그냥 더 이상 진도가 나가지 않았으면 해요.

R   2주 전에도 데이트를 했거든요. 그런데 정확히 똑같은 일이 있었어요. 물론 당신이 하자는 대로 하겠지만, 그게 나 때문인지…

M   그렇지는 않아요.

R   뭐 콕 집어달라는 게 아니라…

M   당신 때문이 아니에요.

R   피드백을 해주면…

M   피드백이요?

R   피드백이란 말은 적당하지 않군요. 하지만…

M   알겠어요. 이봐요. 난 그냥… 난 그냥 여러 가지 일

들을 겪고 있어요. 요즘. 우리, 우리 어머니가, 꽤 오랫동안 투병 중이시거든요. 그런데, 확실히 모르겠어요. 당신이 머물렀으면 해서 머물라고 한 건지 아니면 그냥 혼자 잠들고 싶지 않아서 그런 건지.

짧은 사이.

R   정말 미안해요.
M   한 일주일쯤 있다가 다시 얘기해보는 건 어때요?

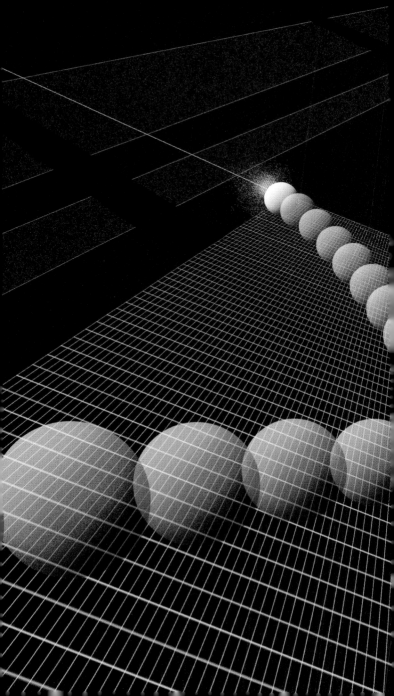

~~~~~~~

마리안과 롤란드, 약간 취했다.

R   내 친구가 그러는 거예요. 데이트한다고 했더니,
      '뭐하는 여잔데?'

M   그래서 뭐랬어요?

R   잘은 모른다, 아무튼 뭔가 우주와 관련된 일을 하
      는 것 같다고 했죠. 전에 당신 집에서 우리가 당신
      일에 대해 이야기했을 때, 거의 내내 고개를 끄덕
      이긴 했지만, 현관문을 나서는데 당신이 했던 말
      중에 한마디도 이해하지 못했다는 걸 깨달았거든
      요.

M   난 대부분의 시간을 컴퓨터 앞에 앉아 있어요.

R   그렇죠.

M   데이터를 입력하면서.

R   그래요.

M   코스믹 마이크로웨이브 백그라운드 리딩.

R   오케이.

M   빅뱅에서 잔류한 방사선 말이에요.

R   그래요.

M   우주론. 초기 우주에 대한 이론 우주론이요.

마리안과 롤란드, 좀 더 취했다.

R 잘은 모른다. 아무튼 뭔가 우주와 관련된 일을 하는
   것 같다고 했죠. 전에 당신 집에서 우리가 당신 일
   에 대해 이야기했을 때, 거의 내내 고개를 끄덕이긴
   했지만, 현관문을 나서는데 당신이 했던 말 중에 한
   마디도 이해하지 못했다는 걸 깨달았거든요.

M 난 대부분의 시간을 컴퓨터 앞에 앉아 있어요.

R 그렇죠.

M 데이터를 입력하면서.

R 그래요.

M 양자 우주론.

R 그래요.

M 이론물리학 알아요?

R 통과.

M 양자역학은?

R 통과.

M 양자역학은 양자의 영역에 초점을 맞춰요. 원자랑
   분자에.

R 그래요.

M 원자핵이나 원자 척도에선, 중력은 아무 의미가 없
   어요. 하지만 일반상대성이론에선, 중력은 대단히
   중요하죠.

R 오케이.

M 그러니까 서로 완전히 상반되는 두 개의 이론이 있는 거죠. 상대성이론은 해, 달, 별들을 아우르는 반면, 양자역학은 분자, 양성자, 원자… 그런 것들을 다뤄요. 사실상 우린 같은 질문을 두 번 던지고는 전혀 다른 두 개의 해답을 찾아낸 셈이에요.

R 그런데 이거 정말 섹시한데요.

M 요점은…

R 오늘 밤 놀라운 시간을 보냈어요, 그리고 정말로 함께 밤을 보내고 싶어요.

M 하지만…

R 당신이랑. 정말로 밤을 보냈으면 해요…

M 그런데, 그러다 끈 이론이 나왔어요. 아니 좀 더 구체적으로 말하면, 다양한 여러 가지 끈 이론들이…

R 당신이 원치 않는다면, 그냥 갈게요. 그냥 그렇다고 말해요.

M 그리고 끈 이론이 정말 흥분되는 게 뭐냐면, 잠재적으로 간극을 메워줄 거라는 거죠. 상대론과…

R 당신 내 질문 하나도 대답하지 않았어요.

마리안, 롤란드에게 키스한다.

M 이 이론들 각각으로부터… 거의 완전히 우연이었

는데… 우리가 멀티버스, 그러니까 평행우주의 일 부일 수 있다는 가능성이 나왔어요.

롤란드, 마리안에게 키스한다.

M 우린 최선의 노력을 기울이고 있지만, 절대적으로 예상할 수 없는 특정한 미시적 관찰 대상들이 있어요. 이제, 잠재적으로, 이걸 설명할 수 있는 한 가지 방법은 결론을 내리는 거예요, 어느 주어진 순간, 여러 개의 결과가 동시에 공존할 수 있다고.

R 이거 정말 후끈 달아오르는데, 당신 그거 알아?

M 양자 멀티버스에선, 우리가 했던, 그리고 하지 않았던 모든 선택, 그 모든 결정들이 상상할 수 없는 엄청난 숫자의 평행우주들에 존재하게 돼요.

R 모든?

M 모든.

R 내가 한 모든 일들이?

M 당신이 하거나 하지 않은 모든 일들이. 우리 목소릴 낮춰야겠어요, 내 하우스메이트가…

R 하지만, 내가 할 모든 일들이 이미 존재한다면, 내가 앞으로 할 일들이 무슨 소용…

M 그게…

R 대체 내가 앞으로 할 일들이 무슨 소용…

M   그게…

R   내 말 무슨 뜻인지 알아요?

M   아뇨. 전부는. 하지만… 그래요. 여기 우리 이 우주
    만 유일하게 존재하는 우주라고 가정해봐요. 오직
    하나의 유일한 나와 하나의 유일한 당신만 존재한
    다고. 만일 그게 진실이라면, 그럼 오직 하나의 선
    택만이 있을 수밖에 없겠죠. 하지만 모든 가능한
    미래가 존재한다면, 우리가 하거나 하지 않을 결정
    들이 우리가 실제로 어떤 미래를 경험하게 될지 결
    정하게 될 거예요. 상상해봐요, 주사위를 6,000번
    던지는 걸.

여전히 취했다.

R   모든?

M   모든.

R   내가 한 모든 일들이?

M   당신이 하거나 하지 않은 모든 일들이. 우리 목소
릴 낮춰야겠어요. 내 하우스메이트가…

R   하지만, 내가 할 모든 일들이 이미 존재한다면, 내
가 앞으로 할 일들이 무슨 소용…

M   아무 소용없겠죠.

R   뭐요?

M   우리 등식 그 어느 것에서도, 자유의지의 증거는
어떤 식으로도 찾아낼 수 없어요.

R   당신 등…

M   우린 미립자에 불과해요.

R   당신이나 그렇겠죠.

M   당신, 나, 모든 사람, 우리에게 발언권이 있을 거라
고는 생각할 수도… 우리가 할 선택들에 발언권이
있을 거라고는 생각할 수도…

R   그래요. 아니, 분명…

M   우린 미립자에 불과…

R   아니, 분명. 하지만…

M   우린 일련의 아주 구체적인 법칙들의 지배를 받는,

43

그래서 사방에서 좆나게 얻어터지는 미립자들에
불과하죠.

R   당신 얘긴 뭔가 엄청 있어 보여요.

마리안과 롤란드, 맨 정신이다.

M 난 대부분의 시간을 컴퓨터 앞에 앉아 숫자들을 타
   이핑하며 보내요. 아주 흥미롭진 않은 일이죠.
R 오케이.
M 저기, 나는. 정말 즐거운 저녁을 보냈어요.
R 아니, 그래요. 난…
M 그런데 아직 마음을 정하지 못했어요, 당신이 머물
   렀으면 좋겠는지 아닌지. 난 그냥… 요즘 마음이
   좀 복잡하거든요. 그래요. 우린 정말이지 아주 사
   랑스런 시간을 보냈고, 당신을 다시 집 안으로 초
   대하고 싶어요. 그런데 분명히 하고 싶기도 해요,
   당신이랑 자는 데 엄청 관심이 있는 건 아니라는
   걸요.
R 괜찮아요, 꼭…
M 난 그냥 침대로 자러 가고 싶어요. 하지만 당신에
   게 침낭이랑 수건을 건넨다면 아주 행복할 것도 같
   아요.
R 오케이.
M 그런데… 내 말은, 그냥 분명히 하고 싶어서 그러
   는데, 내숭 떠느라 이러는 거 아니에요. 섹스는 아
   니지만 다른 것들은 좋다는 뜻을 은근히 전하려는
   게 아니라. 우린 자러 갈 거예요, 따로, 그리고 내

일 아침에 일어나 토스트를 먹을 거예요. 아니면, 내 말은, 아무튼 그렇다구요. 꼭 토스트를 먹어야 하는 건 아니구요.

R   바닥도 괜찮아요. 솔직히.

M 나 너무 피곤해. 너무 피곤해, 롤란드. 전엔 사람들 얼굴이 있었는데
   전엔 사람들   얼굴이
   얼굴이   전엔 사람들
   씨발.
R 괜찮아.
M 젠장.
R 젠장?
M 사람들의 삶이 그들의 것이었는데. 전엔   그게 피부가 됐어
   피부, 그게
   피부
R 피부?
M 엄만 죽는 걸 두려워하지 않으셨어, 강제로 살려둘까봐 두려워하셨어. 알아?
R 그래.
M 엄마가 두려워하신 건 그게 아냐.
R 알아.
M 말하는 것만이 아니야.
R 오케이. 아니 무슨 소릴 하는지 모르겠어.
M 읽는 것도. 힘들어졌어… 숫자, 단어, 종이에 적혀 있는 것들. 어떻게 설명해야 할지 모르겠어. 타이핑. 타이핑도 그래.

R　　어떻게?

M　　단어는 알아. 타자로 치려는 단어 말이야. 그런데 철자를 모르겠는 거야. 철자는 전부 맞지 않는 거 같아. 읽

읽

읽

R　　마치려고 애쓰지 마.

M　　그러고 싶어.

R　　당신이 하려는 말이 뭔지 알 거 같아.

M　　어떻게　　　어떻게 내가 무슨 말을 하려는 건지 아는데?

으음　　　나도 내가 하려는 말이 뭔지 모를 때가 많은데.

R　　맞아. 배려하는 거야. 당신 지치게 하고 싶지 않아.

M　　수첩이라도 목에 걸어야겠지?

R　　뭐?

M　　농담이야.

R　　정말 좆같네.

M　　롤란드, 나 학교에 돌아갈 수 없을 거 같아.

R   괜찮아?

M   어디 갔었어?

R   펍.

M   문자 보냈는데.

R   그래.

M   왜 답장 안 했어?

R   몰라.

M   그게 무슨 말이야?

R   모른다는 말이지. 급한 일인 줄 몰랐어.

M   당신이 어디에 있는지 알 수가 없었어.

R   방금 말해줬잖아.

M   지금, 지금 말했잖아. 난 알고 싶었어…

R   테니스 쳤어. 토니랑 테니스 쳤다고. 그리고 펍에 갔어. 대체 왜 이러는 건데? 미안. 왜 그래? 무슨 일이야?

M   롤란드, 정말 미안해.

R   왜, 왜 무슨 일인데?

M   나 제임스랑 잤어.

R   제임스.

M   같이 일하는.

R   앞가르마 타는? 앞가르마 타는 자식 말이야?

M   그래.

R   언제?

M   우린… 여러 번이야. 여러 번.

R   여러 번이 몇 번인데?

M   누가 누구랑 뭘 했나 시시콜콜 따지지는 말았으면
     좋겠어.

R   여러 번이 몇 번인데, 마리?

M   여섯 번. 아마 일곱 번.

R   얼마 동안? 여섯 번인가 일곱 번인가 같이 잔 기간
     이 있을 거 아냐?

M   그래.

R   그럼 당신들 함께인 거야? 함께이고 싶어?

M   모르겠어.

R   당신 집으로 들어오겠대?

M   물론 아니야. 롤란드, 물론 아니야.

R   내가 나가주면 좋겠어?

짧은 사이.

     언제 나가줄까?

M   서두를 거 없어.

R   그럼 끝인 거야? 그래?

M 어디 갔었어?

R 펍.

M 문자 보냈는데.

R 그래.

M 왜 답장 안 했어?

R 몰라.

M 그게 무슨 말이야?

R 모른다는 말이지. 급한 일인 줄 몰랐어.

M 당신이 어디에 있는지 알 수가 없었어.

R 방금 말해줬잖아.

M 지금, 지금 말했잖아. 난 알고 싶었어…

R 테니스 쳤어. 토니랑 테니스 쳤다고. 그리고 펍에
   갔어. 대체 왜 이러는 건데? 미안. 왜 그래? 무슨
   일이야?

M 롤란드, 정말 미안해.

R 왜, 왜 무슨 일인데?

M 나 제임스랑 잤어.

R 제임스.

M 같이 일하는.

R 비듬? 비듬 많은 자식 말하는 거야?

M 그 사람 안 그래… 맞아.

R 언제?

M 우린… 여러 번이야. 여러 번.

R   여러 번이 몇 번인데?

M   누가 누구랑 뭘 했나 시시콜콜 따지지는 말았으면
       좋겠어.

R   여러 번이 몇 번인데, 마리?

M   여섯 번. 아마 일곱 번.

R   얼마 동안?

M   뭐?

R   여섯 번인가 일곱 번인가 같이 잔 기간이 있을 거
       아냐?

M   그래.

R   그럼 당신들 함께인 거야? 함께이고 싶어? 마리,
       당신들 두 사람…

M   모르겠어.

R   당신 집으로 들어오겠대?

짧은 사이.

       언제 나가줄까?

M   서두를 거 없어.

R   그 자식 몇 살이야?

M   스물 넷.

R   스물 넷?

M   그래.

R   애잖아.

M   걘 스물넷이야, 롤란드.

R   어디서 잤냐?

M   여기저기서.

R   씨발 그게 무슨 소리야?

M   한 군데 이상에서 잤단 소리지.

R   여기서?

M   롤란드, 물론 우린 그런 적 없어…

R   그 자식 집에서?

M   그래.

R   어디 사는데?

M   브라이튼.

R   그럼 대낮에 잤다는 거냐?

M   그래.

R   씨발 대낮에?

M   그래, 몇 번.

R   점심시간에, 그래?

짧은 사이.

     그래, 그 자식 언제 들어오겠대? 마리, 그 자식이
     언제…

M   날짜를 정하지는 않았어.

R   하지만 들어오기는 한다?

M   바라건대.

R   내가 지루하냐?

M   뭐?

R   내가 지루하게 했냐구?

M   그렇지 않아.

R   우주에 대해 충분히 대화 나눈 적 없잖아, 안 그래?

M   그거랑 이 일이랑은 아무 상관없어.

R   그런다고 나아지진 않았겠지, 알아. 네가 맞다고 한다면, 네가 맞는 거야. 이건 우리가 우주에 대해 충분히 대화하지 않아서였다고 한다면, 조금은 더 말이 될 텐데. 내가 더 노력하지 않은 것에 대해 나 자신을 걷어차고 싶겠지만, 적어도 그건 조금은 더 말이 될 거야.

M   미안한데 이건 논리적으로 설명할 수 있는 일이 아니야.

R 어디 갔었어?

M 학교.

R 문자 보냈는데.

M 알아.

R 무슨 소리야?

M 당신이 나한테 문자 보낸 거 안다는 소리지.

R 당신이 어디에 있는지 알 수가 없었어.

M 왜 이렇게 까칠하게 구는데? 나 학교에 있었어, 일곱 시 반 기차를 놓쳤는데 또 여덟 시 사 분 기차는 오질 않잖아. 뭐가 문제야, 무슨 일인데?

R 마리, 정말 미안해. 그런데 나 앨리슨 오코너랑 잤어, 지지난주 화요일에.

M 앨리슨 오코너.

R 그래.

M 그년 대머리가 돼가는 것 같던데.

R 뭐?

M 대머리가 돼간다고, 롤란드, 씨발 그년 말이야. 그래. 대체 몇 번이나? 그년이랑 몇 번이나 잔 거야, 롤란드?

R 한 번.

M 한 번?

R 지지난주 화요일에, 그래.

M 너희 뭘 하고 있었는데? 너희 두 사람 뭘 하고 있

55

었냐구?

R 앨리슨이 벌통 다는 걸 돕고 있었어.

M 씨발 농담해?

R 아니.

M 그년이 빌어먹을 벌통 다는 걸 도왔다구?

R 그래.

M 말해.

R 그렇다고 했어. 그래, 난 그녀를 돕는 중이었…

M 진지해?

R 모르겠어.

M 모르겠다구?

R 생각할 시간이 필요해.

M 아, 생각할 시간이 필요하시다?

R 그래, 그러면 좋겠어.

짧은 사이.

M 그럼 우리 집에서 나가겠다는 거야?

R 당신에게 달렸어, 정말.

M 나한테 달렸다면, 롤란드, 넌 빌어먹을 앨리슨 오
   코너랑 떡치지 말았어야지.

R 맞아.

M 뭐라구?

R   진정해.

M   좆까, 이 나쁜 새끼야.

짧은 사이.

그 어느 때보다 행복했는데. 너랑 사는 거 말야. 이 것만은 알고 있어.

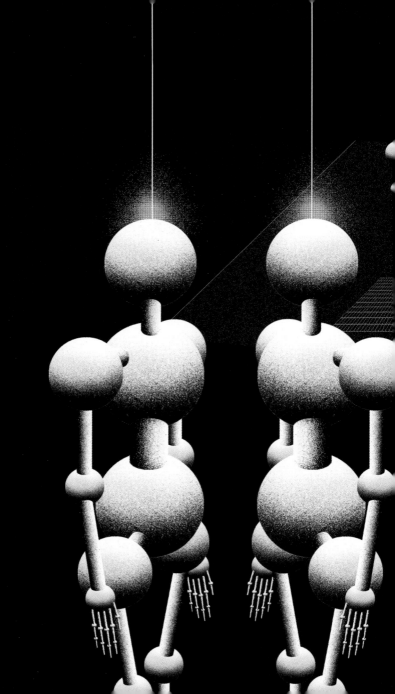

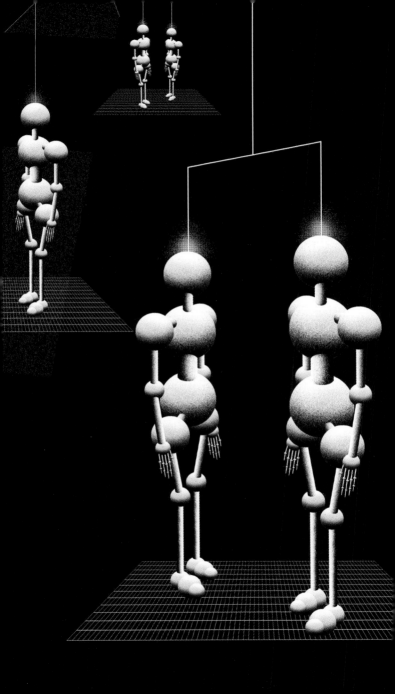

R　　그런다고 나아지진 않았겠지, 알아. 니가 맞다고 하면, 니가 맞는 거야. 이건 우리가 우주에 대해 충분히 대화하지 않아서였다고 한다면, 조금은 더 말이 될 텐데. 내가 더 노력하지 않은 것에 대해 나 자신을 걷어차고 싶겠지만, 적어도 그건 조금은 더 말이 될 거야.

M　　미안한데 이건 간단하게 설명할 수 없는 거야.

R　　나보고 떠나라고 하지마…

M　　롤란드…

R　　이건 씨발 내게 일어난 최고의 일이었어. 나 심각해.

M　　당신 괜찮을 거야.

R　　앞으로 어떻게 하면 좋을지 모르겠어.

M　　타워 햄리츠로 돌아가면 돼.

R　　농담이라고 하는 거야?

M　　물론 아니야. 그냥 당신에게 대안이 많다는 걸… 당신이 할 수 있는 일들은 많아.

R　　상관없어.

M　　제발.

R　　싫어.

M　　감정적으로 굴지 마.

R　　얼마나 기다린 거야, 나한테 말하기 전에?

M　　일주일.

R   프로포즈하려던 참인데.

M   롤란드…

R   생각할 시간이 필요해.

M   아, 생각할 시간이 필요하시다?

R   그래, 그러면 좋겠어.

짧은 사이.

M   그럼 우리 집에서 나가겠다는 거야?

R   당신에게 달렸어, 정말.

M   나한테 달렸다면, 롤란드, 넌 빌어먹을 앨리슨 오 코너랑 떡치지 말았어야지.

R   맞아.

M   뭐라구?

R   싸우고 싶지 않아.

M   터프하네.

R   뭐?

M   터프하다고.

R   마리, 제발, 후회가 돼서 당신한테 말하는 거야, 우리가 헤어지길 바래서가 아…

M   후회는 한 번 했을 때만 성립하는 거야. 후회스러운 일을 계속 반복하지는 않아.

R   날 용서할 가능성은 전혀 없는 거야?

~~~~~~

M   어디 갔었어?

R   펍.

M   문자 보냈었는데.

R   알아.

M   왜 답장 안 했는데?

R   몰라.

M   그게 무슨 말이야?

R   모르겠다는 말이지. 급한 일인 줄 몰랐어.

M   당신이 어디에 있는지 알 수 없었어.

R   방금 말했잖아.

M   지금, 지금 말했잖아. 하지만 난 알고 싶었어…

R   테니스 쳤어. 토니랑 테니스 쳤다고. 그리고 펍에
          갔어. 대체 왜 이러는데? 미안. 왜 그래? 무슨 일
          이야?

M   롤란드, 정말 미안해.

R   왜, 왜 무슨 일인데?

M   나 제임스랑 잤어.

짧은 사이.

          롤란드, 내 말 들었어…

R   알아.

M   뭐?

R   당신이 샤워하고 있을 때 그 자식한테서 문자 온
적 있어. 그걸 봤었어.

～～～～～

롤란드, 마리안을 때린다. 짧은 사이.

M   그래, 당신 가줘야겠어.

R   그렇게 해보시지.

M   뭐?

R   그렇게 해보라고.

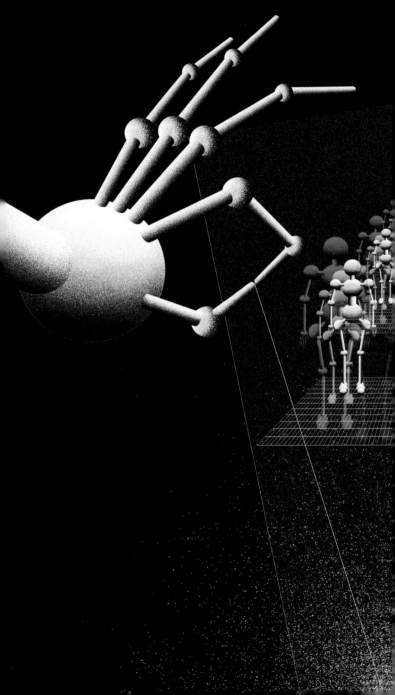

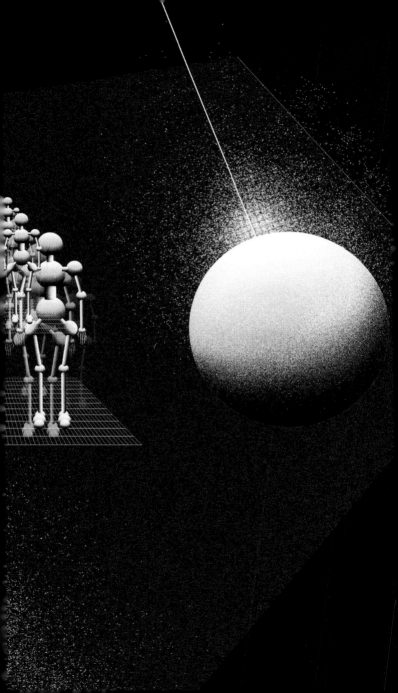

M 계속 엄마 생각이 나.

R 어떻게?

M 엄마 돌아가시기 전에.

R 그래.

M 앞으로 음식은 안 먹겠다고 하셨을 때.

R 어.

M 당신 기억나?

R 잘 모르겠는데 우리가 그 일에 대해 얘기한 적 있었어?

M 했던 거 같은데?

R 아마 부분적으로.

M 어, 엄만 정맥 주사를 중단하면 좋겠다고 하셨어. 우리 이 얘기 하지 않았나?

R 그래, 그랬던 거 같아.

M 그 사람들이 나더러 그만 가보라고 했어. 다음 날 병실에 돌아왔는데 엄마가 유령처럼 보이기 시작했어. 엄청난 힘이 필요해. 그런 상태일 때는. 버텨 내려면. 잘 모르겠어. 나한테 그런 힘이 있을지.

R 넌 몰라. 그건 너도 알 수 없는 거야.

M 가라앉는 기분이야.

R 마리, 내 말 들어…

M 나 너무 피곤해. 너무 피곤해, 롤란드. 전엔 사람들 얼굴이 있었는데

전엔 사람들   얼굴이
얼굴이   전엔 사람들
씨발.

R   괜찮아.

M   젠장.

R   젠장?

M   사람들의 삶이 그들의 것이었는데. 전엔   그게
피부가 됐어
피부, 그게
피부

R   피부?

M   엄만 죽는 걸 두려워하지 않으셨어, 강제로 살려둘
까봐 두려워하셨지. 알아?

R   그래.

M   엄마가 두려워하신 건 그게 아냐.

~~~~~~~~

R   안녕, 마리안.

M   롤란드. 와우, 안녕… 어떻게 지내?

R   어, 좋아, 고마워.

M   어, 잘 됐다. 잘 됐어, 정말 잘 됐어.

R   넌 어때?

M   나, 너, 꿀 샀는데.

R   오, 그랬구나.

M   크라우치 엔드의 버젠스에서.

R   그래, 잘했어. 그거 정말 괜찮아.

M   계산하는 애한테 그랬어. 이 꿀 만든 사람을 전에 알았다고.

R   걔가 뭐래?

M   …

R   나도 너, 논문 읽어봤어.

M   말도 안 돼!

R   정말. 다운받아서.

M   어떤 걸 읽었는데?

R   XMM 클러스터 리서치에 대한 거.

M   정말 대단한데, 롤란드?

R   꿀은 어땠어?

M   맛있었어. 완전 맛있었어. 당신, 당신 볼룸댄스 배우러 온 거야?

R   그래, 아니, 맞아, 난… 그래.

M   정말.

R   헤더가 두 달 뒤에 결혼해. 그래서.

M   체육 선생이랑?

R   뭐라구?

M   그 사람, 그 사람 체육 선생이었잖아, 맞지?

R   맞아, 아니, 알겠어. 두 사람 헤어졌어. 새로 만난
     녀석은 국립통계청의 뭐래.

M   와우.

R   내가 볼룸댄스를 추는데 왼발만 두 개라면서 어떻
     게 좀 해보라는 명령을 받았어. 넌 어때?

M   비슷해, 정말. 결혼식.

R   너야 아니면…

M   아니, 내 결혼식, 어.

R   축하해.

M   그래.

R   당신 약혼자, 그 사람은…

M   갑자기 일이 생겨서. 그 사람 갑자기 일이 생겨서.

R   안녕, 마리안. 나야.

M   롤란드.

R   어떻게 지내? 놀란 거 아니지?

M   아냐. 조금. 아마도. 내 말은, 조금.

R   미안.

M   당신, 볼룸댄스 배우러 온 거야?

R   그래, 아니, 맞아, 나는, 그래.

M   볼룸댄스, 정말?

R   헤더 결혼하거든.

M   헤더?

R   내 여동생.

M   아, 헤더.

R   내 두 왼발 좀 어떻게 해보라는 명령을 받았어.

M   당신, 내가 여기 다닌다는 얘기 들었어?

R   뭐? 당신이…

M   여기 다닌다는 얘기 들었냐구?

R   아니, 물론 아니지.

짧은 사이.

M   나 결혼해. 그래서 볼룸댄스 배우는 거야, 롤란드.

R   아니, 그래.

M   9월에.

R   축하해.

M   고마워. 당신은 어때? 당신…

R   난, 뭐, 지금은, 아니.

M   결혼은?

R   만나는 사람이, 만나는 사람이 있었는데. 헤어졌지 뭐, 그래서.

M   유감이야.

R   아냐. 제발 그러지 마.

M 안녕, 롤란드.

R 마리안. 와우, 빌어먹을. 어떻게, 어떻게 지내?

M 잘. 정말 잘 지내. 고마워.

R 잘됐다. 정말 잘됐어.

M 넌?

R 그래, 아니, 내 말은, 좋아, 그래.

M 나, 너, 꿀 샀는데.

R 오, 그랬구나.

M 크라우치 엔드의 버젠스에서.

R 그래, 잘했어. 그거 정말 괜찮아.

M 계산하는 애한테 그랬어, 이 꿀 만든 사람을 전에
   알았다고.

R 걔가 뭐래?

M 그냥 날 쳐다보더라. 어때? 사업 말이야.

R 좋아. 꽃가루 작업을 시작하려던 참이야.

M 꽃가루?

R 어, 그걸… 그걸 꿀벌 다리에서 떼어내야 해, 그런
   다음 바닥에 대고 비벼. 너한테 아주 좋을걸.

M 뭐가? 다리 떼어내는 거, 아니면 꽃가루?

R 참, 테스코에 납품 제안 받았어.

M 꽃가루를?

R 아니, 그냥 꿀.

M 얼마나 주겠대?

R   엄청 많이.

M   뭐랬어?

R   좆까라고 했지. 나도 논문 읽어봤어.

M   말도 안 돼!

R   정말. 다운받아서.

M   뭘 읽었는데?

R   뜨거운 준왜성들에 대한 거?

M   구글에서 뜨거운 포르노 검색하다가?

R   뭐라구?

M   준왜성이란… 그게…

R   이해했어.

M   정말 대단하다, 롤란드. 고마워.

R   꿀은 어땠어? 버젠스에서 샀다는.

M   맛있었어. 완전 맛있었어.

R   히스 꽃으로 만든 거야.

M   그래.

R   8월마다 꿀벌들을 수레에 실어서 히스 벌판으로 날
      라. 하나씩.

M   하나씩?

R   꿀벌 말고 벌통 말이야.

M   너, 볼룸댄스 배우러 온 거야?

R   그래, 아니, 맞아, 난, 그래. 난. 실은 약혼했어.

M   세상에, 와우.

R   그래서, 그래.

M   누구랑, 행운의 아가씨는 누구야?

R   앨리슨. 앨리슨 오…

M   기억나.

R   넌 어때, 넌…

M   살 좀 빼려고. 야식을 너무 자주 먹었더니. 이게 다 준왜성들 때문이야. 별들… 네가 읽은 논문에 나오는…

R	헤더가 두 달 뒤에 결혼해, 그래서.
M	체육 선생이랑?
R	뭐라구?
M	그 사람, 그 사람 체육 선생이었잖아. 맞지?
R	맞아, 아니, 알겠어. 그 두 사람은 헤어졌어. 새로 만난 녀석은 DVLA의 뭐래.
M	와우.
R	내 두 왼발 좀 어떻게 해보라는 명령을 받았어. 넌 어때?
M	비슷해, 정말. 결혼식.
R	너야 아니면⋯
M	아니, 아 정말, 말도 안 되는데. 나 정말 부지런한 들러리 뭐야. 일종의 집단 비엔나 왈츠 같은 걸 출 거거든. 그런데 완전히 익힌 건지는 잘 모르겠어.
R	그럼 오늘이 처음이야? 수업 말이야.
M	아니, 두 번째. 너는?
R	첫 번째야, 그래.
M	앞이 편한 바지 입었네, 정말 잘 했어. 난 퇴근하고 곧장 왔거든. 지난주에. 집에 들어가는데 가랑이가 써발 용광로 같았어.

짧은 사이.

R   안 됐다, 마리.

M　　앞이 편한 바지 입었네. 난 퇴근하고 곧장 왔거든.
　　　지난주에. 집에 들어가는데 가랑이가 씨발 용광로
　　　같았어.

짧은 사이.

　　　미안해, 롤란드.
R　　왜?

M 앞이 편한 바지 입었네. 난 퇴근하고 곧장 왔거든. 지난주에. 집에 들어가는데 가랑이가 씨발 용광로 같았어.

짧은 사이.

솔직하게 터놓고 얘기하지 않으면 찜찜할 거 같아 얘기해야겠어.

R 마리…

M 한잔하러 가. 아무튼 여기서 뭘 하는 건지 모르겠다. 딱 한 잔만. 그리고 다시는 날 보고 싶지 않으면, 다시는 날 보지 않아도 돼.

81

R   마리…

M   한잔하러 가는 거 어때? 아무튼 여기서 뭘 하는 건
            지 모르겠다. 딱 한 잔만. 그리고 다시는 날 보고
            싶지 않으면, 다시는 날 보지 않아도 돼.

R   마리…

M   딱 한 잔만. 그리고 다시는 날 보고 싶지 않으면,
      다시는 날 보지 않아도 돼.

R   마리…

M   그리고 다시는 날 보고 싶지 않으면, 다시는 날 보
      지 않아도 돼.

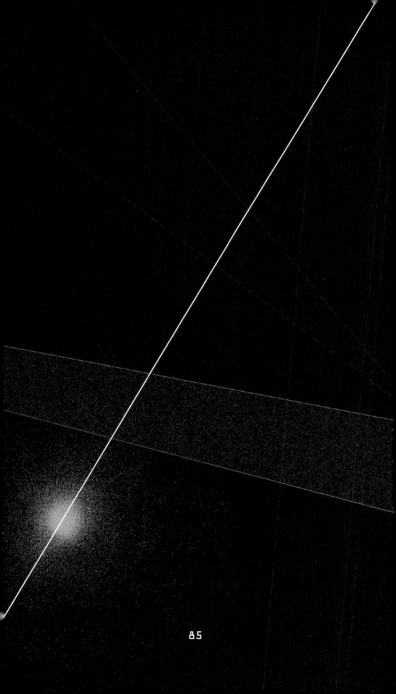

R 무슨 말을 해야 할지 모르겠어.

M 아무 말 하지 마.

R 그래 알아, 하지만 그러고 싶어. 너에게 뭐라고 하면 좋을지 알면 좋겠어.

M 많은 사람들이 전부 이런 걸 거치진 않아.

R 무슨 소리야?

M 많은 사람들은, 일단 허락이 떨어지면

벼락

일단 그들은   많은

R 괜찮아.

M 그들은, 그들은 행복해 해, 그게 거기 있다는 걸 아는 것만으로.

R 어떻게 알게 됐어?

M 웹 사이트가 있어.

R 많다고 했는데 얼마나 되는 거야?

M 아마 3분의 2쯤 되는 거 같아. 안전망. 많은 사람들에게.

R 그리고 너한테도 그런 거 같아?

M 모르겠어.

R 같이 가줄까?

M 마틴과 얘기해보려구. 그러고 싶어? 같이 가자.

R 나랑 같이 갈래?

마리안, 고개 끄덕인다. 짧은 사이.

M   계속 엄마 생각이 나.

~~~~~

롤란드, 주머니에서 A4 용지를 꺼내 읽는다.

R   꿀벌에는 세 종류가 있습니다. 수벌, 일벌, 그리고
            한 마리뿐이고 혼자인 여왕벌. 일벌들은 모두 암컷
            입니다. 그들은 꿀과 꽃가루 등을 찾는 일을 합니
            다. 그들의 수명은 대략 5주에서 6개월 사이입니
            다. 그다음엔 죽습니다. 수벌들은 오로지 여왕벌
            과 섹스를 하기 위해 존재합니다. 각각의 벌집 안
            엔 약 백 마리의 수벌들이 있습니다. 일단 정자를
            배출하고 나면, 성기는 떨어져 나가고 그들은 숨을
            거둡니다.

M   롤란드…

R   꿀벌들에겐 확고부동한 목적이 있습니다. 그들의
            삶은 종종 너무나 짧습니다. 하지만, 이상하게도,
            난 소박한 꿀벌들과 그들의 조용한 우아함에 질투
            를 느낍니다.

M   롤란드, 잠깐만…

R   우리의 삶도 그렇게 단순할 수 있다면. 우리가 왜
            존재하는지 무슨 일을 하면서 인생을 살아야 하는
            지 우리가 이해할 수 있다면.

M   잠깐만…

R   하지만 이제 나는 한 가지에 대해 확신할 수 있습
            니다.

롤란드, 종이를 접어 주머니에 다시 넣고… 다른 주머니에서 작은 검은 상자를 꺼낸다. 무릎을 꿇고 작은 검은 상자를 연다.

R   마리안 오벨, 저와 결혼해주시겠습니까?

M   롤란드, 나 개별지도 들어가야 해. 무턱대고 이렇게 나타나면 안 되지. 내 말은, 나 근무 중이잖아. 할 일이 많다구. 생각 좀 해봐야겠어. 미안해. 난 그냥. 난 그냥 내 영역을 침범하지 말았으면 좋겠어. 난 그냥 공간이 좀 필요해.

롤란드, 일어나 작은 검은 상자를 주머니에 도로 넣는다.

M   깜짝이야.

R   놀랐어?

M   대낮이잖아?

R   바빠?

M   너… 무슨 일…

R   할 말이 있어서. 너한테.

롤란드, 주머니에서 A4 용지를 꺼내 읽는다.

꿀벌에는 세 종류가 있습니다. 수벌, 일벌, 그리고
한 마리뿐인 여왕벌. 일벌들은 모두 암컷입니다.
그들은 꿀과 꽃가루 등을 찾는 일을 합니다. 그들
의 수명은 대략 5주에서 6개월 사이입니다. 그다음
엔 죽습니다. 수벌들은 오로지 여왕벌과 섹스를 하
기 위해 존재합니다. 각각의 벌집 안엔 약 백 마리
의 수벌들이 있습니다. 일단 정자를 배출하고 나
면, 성기는 떨어져 나가고 그들은 숨을 거둡니다.
꿀벌들에겐 확고부동한 목적이 있습니다. 그들의
삶은 종종 너무나 짧습니다. 하지만, 이상하게도,
난 소박한 꿀벌과 그들의 조용한 우아함에 질투를
느낍니다. 우리의 삶도 그렇게 단순할 수 있다면.
우리가 왜 존재하는지 무슨 일을 하면서 인생을 살
아야 하는지 우리가 이해할 수 있다면. 하지만 이

제 나는 한 가지에 대해 확신할 수 있습니다.

롤란드, 종이를 접어 주머니에 다시 넣고… 다른 주머니에서
작은 검은 상자를 꺼낸다.

M   롤란드, 제발…

롤란드, 무릎을 꿇고 작은 검은 상자를 연다.

        롤란드, 일어나, 제발.

R   마리안 오벨, 저와 결혼해주시겠습니까?

짧은 사이.

M   롤란드, 다 끝난 얘기잖아. 제발.

롤란드, 일어나 작은 검은 상자를 주머니에 도로 넣는다.

~~~~~~~

M   깜짝이야.

R   놀랐어?

M   대낮이잖아?

R   할 말이 있어서. 너한테.

롤란드, 주머니에 손을 넣는다, 그런데 안에 아무것도 없다.

    빌어먹을.

M   왜 그래?

롤란드, 다른 주머니에 손을 넣는다.

R   집에 두고 왔네.

M   뭘 집에 두고 왔다는 거야?

짧은 사이.

    롤란드, 괜찮아?

R   좋아, 그게 난… 아 그냥 털어놓을게. 뭔가를 하려
    고 이리 왔는데… 연설문 같은 걸 작성했었거든. 엄
    청 시간을 들여서 말이야. 그런데 그게… 나 좀 당황

했어.

M   롤란드, 너 땀 흘린다.

R	할 말이 있어. 너한테.

롤란드, 목청을 가다듬는다.

어, 그러니까, 너도 알다시피, 음, 아마, 아마 너도 알
거야, 있잖아, 벌에는 세 종류가 있거든. 수벌들, 일
벌들, 그리고 여왕벌. 그리고 수벌들은 다 암컷이야.
아니, 일벌, 일벌들은 다 암컷이야. 수벌들은 여왕벌
이랑 섹스하고. 그런데 일단, 일단 사정을 하고 나면,
수벌들, 어, 수벌들은 죽어. 아, 써가지고 오는 건데.

M	롤란드···
R	내가 하려는 말은 벌들은 수명이 정말 짧다는 거야. 믿을 수 없을 만큼 수명이 짧고 그게 다야. 아, 수명에 대한 부분을 처음에 얘기하고 그다음에···
M	대체 뭐하는 거야···
R	우리 처음 만났을 때 기억나?
M	어.
R	정말?
M	어.
R	결혼식에서였잖아.
M	뭐?
R	존이랑 루스 결혼식.
M	우리 바비큐에서 만났는데.

롤란드, 주머니에서 A4 용지를 꺼내 읽는다.

R   꿀벌에는 세 종류가 있습니다. 수벌, 일벌, 그리고 한 마리뿐이고 혼자인 여왕벌. 일벌들은 모두 암컷입니다. 그들은 꿀과 꽃가루 등을 찾는 일을 합니다. 그들의 수명은 대략 5주에서 6개월 사이입니다. 그다음엔 죽습니다. 수벌들은 오로지 여왕벌과 섹스를 하기 위해 존재합니다. 각각의 벌집 안엔 약 백 마리의 수벌들이 있습니다. 일단 정자를 배출하고 나면, 성기는 떨어져 나가고 그들은 숨을 거둡니다. 꿀벌들에겐 확고부동한 목적이 있습니다. 그들의 삶은 종종 너무나 짧습니다. 하지만, 이상하게도, 난 소박한 꿀벌과 그들의 조용한 우아함에 질투를 느낍니다. 우리의 삶도 그렇게 단순할 수 있다면. 우리가 왜 존재하는지 무슨 일을 하면서 인생을 살아야 하는지 우리가 이해할 수 있다면. 하지만 이제 나는 한 가지에 대해 확신할 수 있습니다.

롤란드, 종이를 접어 다시 주머니에 넣고… 다른 주머니에서 작은 검은 상자를 꺼낸다. 무릎을 꿇고 상자를 연다.

R   마리안 오벨, 저와 결혼해주시겠습니까?

M   좋아.

R   정말?

M   그래, 정말.

마리안, 롤란드에게 키스한다. 롤란드, 약혼반지를 적절한 손
가락에 끼워준다. 마리안, 롤란드에게 키스한다.

M   그거 어디서 베꼈어? 책에서? 그렇지, 아냐? 테드
       후퍼? 맞지?

R   약간.

마리안, 웃으며 롤란드에게 키스한다.

M   어쩌지, 개인지도 하러 가야 하는데.

R   이따가 집에서 만나.

M   그래도 돼?

R   물론.

M   고마워.

마리안, 롤란드에게 키스한다.

M   진심이면 그 사람들에게 편지를 보내.

R   뭐라고?

M   그 사람들이 왜 널 진지하게 받아들여야 하는지 대략 설명하는 거야.

R   진지하게 받아들여지면?

M   누군갈 만나.

R   거기서 아니면 여기서?

M   거기서. 넌

       넌

       넌 그 사람들을 두 번 만나야 해.

R   두 번 다 거기서?

M   그럴 거야.

R   그다음엔?

M   그다음엔 당사자한테 달렸어.

R   그 사람들 어떻게 하는데, 어떤 식으로 진행하는 건데?

M   '바'라는 걸 사용해.

       바

       아

       아

R   괜찮아.

M   그걸 물이랑 섞어.

R 뭐라고 해야 할지 모르겠어.

M 아무 말 안 해도 돼.

R 그래 알아, 하지만 그러고 싶어. 너에게 뭐라고 해
   야 하는지 알면 좋을 텐데.

M 많은 사람들은 이런 걸 거치지 않아.

R 무슨 소리야?

M 많은 사람들은, 일단 허락이 떨어지면
   벼락
   일단 그들은   많은

R 괜찮아.

M 그들은, 그들은 행복해 해, 그게 거기 있다는 걸 아
   는 것만으로.

~~~~~

R 대체 얼마나 안 좋은 거야? 마리…

M 많이 안 좋아.

R 얼마나 안 좋은 게 많이 안 좋은 건데?

M 그래도 아직은 삼십 대라 희망적이긴 한데–

R 마리, 얼마나 안 좋은 게 많이 안 좋은 건데?

M 바로 본론으로 들어가도 되는지 잘 모르겠어.

R 마리, 나 엄청 마음 졸이며 기다렸거든.

M 잘 모르겠어, 바로 이 일에 대해 얘기할 수 있을지.

R 한잔하겠어, 물 마실래?

M 아니 됐어.

R 독한 걸로, 내 말은…

M 잠깐 가만히 있다가 네가 알고 싶어 하는 모든 걸
   말해줄게.

짧은 사이.

   의사 말로는, 그랬어, 3분의 1 정도, 3분의 1의 사
   람들은 1년 정도 산대.

R 그럼 나머지 3분의 2는?

M 뭐?

R 나머지 3분의 2는, 얼마나 오래…

M 몰라, 롤란드, 난 몰라.

R 너한테 뭐라고 했어, 뭐라고…

M 난… 난 몰라. 기억 안 나. 전단 같은 걸 줬는데. 아 씨발, 나머지 3분의 2가 어떻게 되는지 뭐가 중요해?

R 뭐가 중요하냐구?

M 그래.

R 네가 어느 3분의 1에 속할지 모르니까 중요하지.

M 왜 나한테 까칠하게 구는데?

R 난 그런 적 없는데…

M 아니, 그랬어, 넌 까칠하게 굴었어. 넌 내가 이런 저런 숫자를 기억하지 못한다고 화를 내고 있잖아… 하지만 알 게 뭐야…

R 그래…

M 그게 그렇게 좆나 마음에 걸리면 위층에 올라가서 빌어먹을 핸드백을 가져다줄 테니까, 거기 가득 찬 전단들이나 뒤적여봐…

R 됐어. 됐어. 미안해. 미안해. 그래, 치료법에 대해 말해줬어?

M 의사 말로는 수술할 수 있대. 제거를 시도해본대, 가능한 많은 부분을 들어내겠대. 그런 다음 방사선 치료를 하겠다고. 그런데 내가 너무 약해져서 방사선 치료가 불가능하면 화학요법을 쓰겠대. 엄청난 약물을. 그게 요 앞쪽에 있대.

R 앞쪽?

M   전두엽을 뒤덮고 있대.

R   무슨 말인지 모르겠어.

M   의사 말로는 내가 단어를 선택하는 데 어려움을 겪을 거래. 적절한 단어를 선택하는 거. 발작도 대비해야만 하고.

R   세상에.

M   임시방편이라네. 뭘 해도. 그건 소용이… 할 수 있는 게 없대.

R   알겠어.

M   그게 다래.

R   알겠어.

M   그게 다라고 했어.

R   알겠어. 알겠어.

M 앉아봐.

R 앉아야 해, 나?

M 아마도. 내 말은. 아니, 서 있어도 돼.

R 말해줬으면 너랑 같이 갔을 텐데, 알아.

M 알아.

R 취소하고…

M 알아. 혼자 가고 싶었어.

R 실은 좀 화가 났어, 마리.

M 화?

R 네가 알았으면 해서 말하는 거야.

M 화가 났다구?

R 네가 알았으면 해서 말하는 거야, 싸우기 싫으니까.

M 그 말 들으니 좆나 반갑네.

R 그래.

M 미안해, 너한테서 내 생체 검사 결과를 확인하는 기쁨을 빼앗아서, 롤란드.

R 그래.

M 그런데, 용서해, 난 씨발 구경꾼을 달고 갈 기분이 아니었거든.

R 그래! 씨발. 그래서 말했잖아, 너한테 진심을 터놓고 싶었다고, 가능한 한 너에게 솔직하고 싶어서. 너한테서 무슨 얘길 듣게 될진 몰랐지만, 그게 나

뻔 소식이라는 건 확실했고, 난 직접 들었으면 했어, 네가 검사 결과를 들으면서 기분이 어땠을까 궁금해하는 게 아니라.

M   그건…

R   왜 내게 곧바로 얘기하지 않았을까?

M   알아, 넌…

R   왜냐하면 난 모든 걸 다 집어치우고 갔을 테니까, 네가 그런 내 마음을 알고 있는지 궁금해.

M   참 생체 검사 결과 나왔어.

R   오늘?

M   전화해서 오라더라.

R   누굴 만났는데?

M   쏜 박사님.

R   뭐라고 하셔?

M   양성이래.

R   뭐?

M   1등급이고 양성이래.

R   잠깐, 박사님이…

M   보통 1등급은 완벽한 회복을 예상할 수 있다고 하셨어.

R   완벽한 회복이라는 문장을 쓰셨어?

M   그대로 인용한 거야.

R   박사님이…

M   보통 완벽한 회복을 예상한대.

R   씨발.

M   그래.

R   이제 어떻게 되는 거야?

M   수술한대.

R   분명히 완벽한 회복이라는 문장을 쓰셨어?

M   그래.

짧은 사이.

R   괜찮아?
M   어.
R   정말?
M   어.
R   배 안 고파? 볼로네즈 어때? 집에서 만든.
M   끝내주는 스파게티가 좀 남았어?
R   사랑해.

M	다형교모세포종이래.
R	그래.
M	4등급.
R	그래.
M	앞쪽에 있고.
R	알겠어.
M	그래서 내가 애먹은 거래…
R	말하는 거에.
M	수술해야겠다고 하셨어.
R	잘 됐네.
M	우선 수술부터 해야겠다고 하셨어.
R	잘 됐네.
M	그리고 방사선 치료를 제안하셨어.
R	알겠어.
M	그런데 내가 너무 약해져서 방사선 치료가 불가능 하면…
R	약해진다고?
M	어.
R	알겠어, 미안.
M	너무 약해져서 방사선 치료가 불가능하면, 그땐 화 학요법이 나을 수도 있다고 하셨어.
R	알겠어.
M	박사님… 박사님 말씀이…

R   그만하자.

M   아냐, 나 괜찮아.

R   뭐 좀 먹어.

M   아냐, 괜찮아.

R   솔직히, 그만하고 뭐 좀 먹어.

M   아니 그보다. 그보다는…

R   그래, 네 말이 맞아…

M   이왕 시작한 김에 끝까지 하고 싶어.

R   당연하지.

M   일 년이래.

R   일 년?

M   그보다 짧을 수도 있고.

R   일 년도 못 넘긴다고?

M   박사님이 그러신 건 아니야, 하지만.

R   그렇게 말한 건 아니라고?

M   인터넷 검색해봤어.

R   하지만 너한테 그렇게 말한 건 아니라구?

M   다음번에 만나 자세히 얘기하자고 하셨어, 하지만
     학교로 돌아가서…

R   마리…

M   알아, 알아. 바보 같아. 그러면 안 되는 건데. 인터
     넷 게시판에 들어가봤어.

R   게시판?

M 이미 고인이 된 지인들을 기리며 댓글을 많이도 달
아놨더라. 글이 끝도 없이 이어져. 대부분이 정말
궁상의 끝을 달리더라. 난 정말 화가 났어.

R 화?

M 어찌나 헛소리들이 많은지.

R 네 말은…

M 누군가 죽었을 때.

R 그래.

M 헛소리들이 가득해. 시간이 다하면, 시간이 다한
거다?

R 그래.

M 시간? 내 말은, 대체 무슨 개소리냐구?

R 우리…

M 그녀는 진정한 파이터였습니다. 아, 그래요? 그럼
그다지 성공적이진 못했네요, 안 그래요?

R 그만 해.

M 어떤 사람들은 사진까지 올렸어.

R 우리 뭐 좀 먹자.

M 몸에 주렁주렁 튜브를 꽂은 여자 사진이 있었어,
색색의 풍선들에 둘러싸여 있는.

R 풍선 주는 걸 좋아하는 사람들이 있어.

M 너 나한테 풍선 가져오면 씨발 난 네 목을 졸라버
릴 거야.

R   명심할게.

M   그리고 빌어먹을 게시판에 내 사진 올리면, 귀신이
            돼서 널 따라다닐 거야.

R   게시판 금지.

마리안, 울다 자제한다.

     좋아. 먹자. 우리 먹어야 해.

~~~~~

마리안과 롤란드, 다음의 대사들을 수화로 한다.

M   일종의 암이래. 뇌종양.

R   알겠어.

M   앞쪽에 있고.

R   알겠어.

M   그래서 타이핑하는 데 애 먹은 거고.

R   이해했어.

M   박사님 말씀으론 수술해야 한대.

R   그래.

M   수술부터 하자셔.

R   잘됐다.

M   그리고 방사선 치료를 제안하셨어.

R   알겠어.

M   그런데 내가 너무 약해져서 방사선 치료가 불가능
        하면, 그럼 화학요법이 나을 수도 있대. 일 년이래.

R   일 년?

M   그보다 짧을 수도 있고.

R   일 년도 안 돼?

M   어.

R   너한테 남은 시간이 일 년이 안 될 수도 있다구?

M   꼭 집어서는 아니고.

R   박사님이 뭐라고 하셨는데?

M 인터넷 검색해봤어.

R 누가 일 년도 안 될 거라고 했는데?

M 다음번에 만나 자세히 얘기하자고 하셨어. 그리고 학교로 돌아와서 인터넷 게시판에 들어가봤어.

R 게시판?

M 어.

R 왜 게시판에 들어갔는데?

M 사람들이 고인이 된 지인들을 기린다고 댓글을 많이도 달아났더라. 글이 끊임없이 이어졌어. 대부분이 정말 궁상의 끝을 달리더라. 난 정말 화가 났어.

R 화?

M 어찌나 개소리들이 많은지.

R 무슨 소리야?

M 누군가 죽었을 때.

R 그래.

M 아주 개소리들이 가득해. 네 시간이 다하면, 네 시간이 다하는 거다.

M 그녀는 진정한 파이터였습니다. 아, 그래요? 그럼 그다지 성공적이진 못 했네요, 안 그래요?

R 그만 해.

M 어떤 사람들은 사진까지 올렸어.

R 우리 뭐 좀 먹자.

M 몸에 주렁주렁 튜브를 꽂은 여자 사진이 있었어.

색색의 풍선들에 둘러싸여 있는.

R   풍선 주는 걸 좋아하는 사람들이 있어.

M   너 나한테 풍선 가져오면 씨발 난 네 목을 졸라버
     릴 거야.

R   명심할게.

M   그리고 빌어먹을 게시판에 내 사진 올리면, 귀신이
     돼서 널 따라다닐 거야.

R   게시판 금지.

마리안, 울다 자제한다.

우리 뭐 좀 먹는 거 어때?

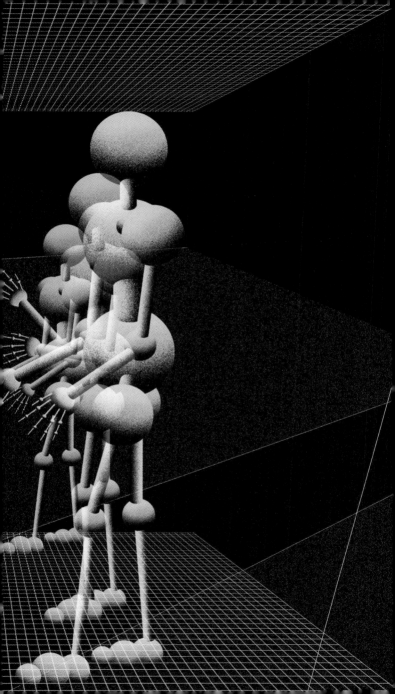

M   나 외국으로 가고 싶어.

R   무슨 소리야?

M   나. 나 잘 모르겠어, 화학 요법 해봐야 달라지는 게 있을지.

R   네 말은 네가 모르겠다는 거야 아니면 의사들이 그런다는 거야?

M   내 생각에. 나 잘 모르겠어.

R   왜? 뭘 모르겠는데, 왜 모르겠는데?

M   그게

어

어

집에 오는 길에. 기차 타고 집에 오… 오는 중이었는데. 남자들이 차를 탔어. 삼십 대 남자들이었어. 다들 취했어. 난 테이블에 앉아 노트북을 꺼내놓고 있었어. 그 사람들이 내 테이블로 왔어, 맞은편에. 그러다 시비를, 나한테 시비를 걸기 시작했어. 난 노트북을 가방에 넣고 다른 자리로 가려고 했어. 그런데 내 앞으로 오더니, 지나가지 못하게 막는 거야. 난 말을 할 수가 없었어. 적절한 단어를 찾을 수가 없었고 그놈들은 웃기 시작했어. 미친 듯이 웃어댔어. 내가 우니까 그중 한 명이 이만 됐다고 했어.

R   바로 말하지 그랬어, 나한테 말했어야지.

M   나 학교에 다녀왔어.

R   왜, 뭐하러?

M   멜리사랑 점심 먹으러. 나 발작했어.

R   뭐? 언제? 마리?

M   2주 전에.

R   2주 전에?

M   어.

R   왜 말 안 했어?

M   단어들이야, 롤란드. 그게

      그게

      점점 더   힘들어져.

R   네 말은 우리 둘이, 나랑 얘기하는 게 힘들다는 거
      야, 아니면 모든 게?

M   모든 게.

R   난 몰랐어.

M   알아.

R   미안해.

M   알아.

R   뭘 해야 할지 모르겠어.

M   아무것도 안 해도 돼.

R   돕고 싶어.

M   그러고 있어.

R   그래, 외국이라고 한 거, 외국 가서 안 돌아오겠다

	는 말이야?
M	아마도 그래.
R	어떻게 되는 건데?
M	회원이 돼.
R	회원?
M	돈을 내고.
R	얼마나?
M	파운드로 얼만지는 모르겠어.
R	그다음엔?
M	진심이면 그 사람들에게 편지를 써.
R	뭐라고?
M	그 사람들이 왜 널 진지하게 받아들여야 하는지 대략 설명하는 거야.
R	진지하게 받아들여지면?
M	누군갈 만나.
R	거기서 아니면 여기서?
M	거기서. 넌

넌

넌 그 사람들을 두 번 만나야 해. |
R	두 번 다 거기서?
M	그럴 거야.
R	그다음엔?
M	그다음엔 당사자에게 달렸어.

R   그 사람들 어떻게 하는데, 어떤 식으로 진행되는 건데?

M   '바'라는 걸 사용해

바

아

아

R   괜찮아.

M   그걸 물이랑 섞어.

R   뭐라고 해야 할지 모르겠어.

M   아무 말 안 해도 돼.

R   그래 알아, 하지만 그러고 싶어. 너에게 뭐라고 해야 하는지 알면 좋겠는데.

M   많은 사람들은 끝까지 가지 않아.

R   무슨 소리야?

M   많은 사람들은, 일단 허락이 떨어지면

벼락

일단 그들은   많은

R   괜찮아.

M   그들은, 그들은 행복해 해, 그게 거기 있다는 걸 아는 것만으로.

R   그건 어떻게 알았어?

M   웹 사이트가 있어.

R   끝까지 가지 않는 사람들이 많다고 했는데 얼마나

되는 거야?

M   아마 3분의 2쯤 되는 거 같아. 안전망. 많은 사람들
에게.

R   그리고 너도 그렇게 느끼고?

M   모르겠어.

R   같이 가도 돼?

M   마틴과 얘기해보려구. 그러고 싶어? 같이 가자.

R   나랑 같이 갈래?

마리안, 고개 끄덕인다. 짧은 사이.

M   계속 엄마 생각이 나.

R   어떻게?

M   엄마 돌아가시기 전에.

R   그래.

M   이제부터 음식은 안 먹겠다고 하셨을 때.

R   어.

M   당신 기억나?

R   잘 모르겠는데 우리가 그 일에 대해 얘기한 적이
있었어?

M   했던 거 같은데?

R   아마 부분적으로.

M   어, 엄만 정맥 주사를 중단하면 좋겠다고 하셨어,

우리 이 얘기 하지 않았나?

R   그래, 했던 거 같아.

M   그 사람들이 나더러 그만 가보라고 했어. 다음 날 병실에 돌아왔는데 엄마가 유령처럼 보이기 시작했어. 엄청난 힘이 필요해. 그런 상태일 땐. 버텨내려면. 잘 모르겠어, 나한테 그런 힘이 있을지.

R   넌 몰라. 그건 너도 알 수 없는 거야.

M   가라앉는 기분이야.

R   마리, 내 말 들어…

M   나 너무 피곤해. 너무 피곤해, 롤란드. 전엔 사람들 얼굴이 있었는데

전엔 사람들   얼굴이

얼굴이   전엔 사람들

씨발.

R   괜찮아.

M   젠장.

R   젠장?

M   사람들의 삶이 그들의 것이었는데. 전엔   그게 피부가 됐어

피부, 그게

피부

R   피부?

M   엄만 죽는 걸 두려워하지 않으셨어, 강제로 살려둘

123

까봐 두려워하셨지. 알아?

R 그래.

M 엄마가 두려워하신 건 그게 아냐.

R 알아.

M 말하는 것만이 아니야.

R 오케이. 아니, 무슨 소릴 하는지 모르겠어.

M 읽는 것도. 힘들어졌어… 숫자, 단어, 종이에 적혀
   있는 것들. 어떻게 설명해야 할지 모르겠어. 타이
   핑. 타이핑도 그래.

R 어떻게?

M 단어는 알아, 타자로 치려는 단어 말이야. 그런데
   철자를 모르겠는 거야. 철자는 전부 맞지 않는 것
   같아. 읽

   읽

   읽

R 문장을 다 마치려고 애쓰지 마.

M 그러고 싶어.

R 당신이 하려는 말이 뭔지 알 거 같아.

M 어떻게   어떻게 무슨 말을 하려는 건지 아는데?
   으음   나도 내가 하려는 말이 뭔지 모를 때가 많
   은데.

R 맞아. 배려하는 거야. 당신 진 빠지게 하고 싶지 않
   아서.

124

M 내 목에다 수첩을 매달아야겠지?

R 뭐?

M 농담이야.

R 정말 좆같네.

M 롤란드, 나 학교로 돌아갈 수 없을 거 같아.

R 그들이 그러래?

M 나한텐 아주 잘해줘.

R 그럼 당신이 그러겠다고 했어?

M 아니 아직.

R 하지만 그럴 예정이라는 거야?

M 그럴 것 같아.

R 하지만 아직은 학교에다 아무 얘기 안 한 거지?

M 나더러 하고 싶은 대로 하래.

R 그럼 파트타임은 어떨까?

M 그래야 할 이유를 모르겠어.

R 파트타임을?

M 내가 해야 하는데 아니면

    내가   해야

    내가 하든 안 하든. 무서워.

R 일하는 게?

M 그만두는 게.

R 일을 그만두는 게 두렵다고?

M 앞으로 어떻게 해?

R   우린 떠날 거야. 우린 뭐든 원하는 걸 할 수 있어.

M   난 못…

R   나 진짜야.

M   난 못…

R   진심이야.

M   난   난 못

     우린 할 수 없어. 난   난   난 해야 해.

     난 선택해야 해.

     컨트롤.

R 아홉 시에 택시 오라고 했어.

M 알아.

R 한 삼십 분 여유 있게.

M 그래.

R 피곤해?

M 약간.

R 눈 좀 붙일래?

M 몇 시야?

R 추워?

M 아니.

R 에어컨 끌까?

M 괜찮아.

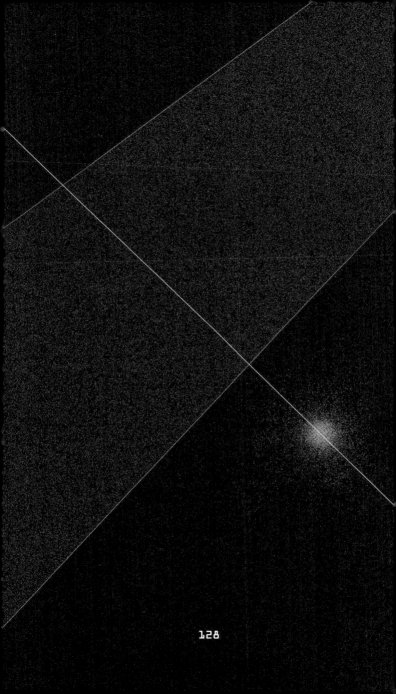

128

R　아홉 시에 택시 오라고 했어.

M　알아.

R　한 삼십 분 여유 있게.

M　그래.

R　피곤해?

M　약간.

R　눈 좀 붙일래?

M　몇 시야?

R　추워?

M　아니.

R　에어컨 끌까?

M　괜찮아.

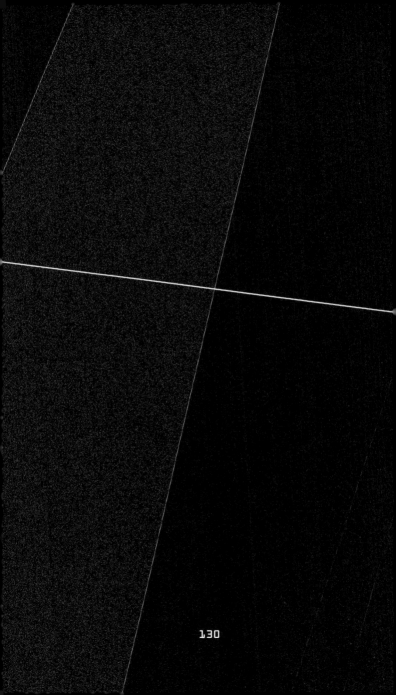

R   아홉 시에 택시 오라고 했어.

M   알아.

R   한 삼십 분 여유 있게.

M   그래.

R   피곤해?

M   약간.

R   눈 좀 붙일래?

M   몇 시야?

R   추워?

M   아니.

R   에어컨 끌까?

M   괜찮아.

R   TV 켜줘?

M   아니, 됐어.

R   배고파?

M   배불러.

R   나 있잖아. 오늘 정말 근사한 하루를 보냈어.

M   나도.

R   정말?

M   그래.

R   솔직히 말해도 돼?

M   아니.

농담하는 마리안. 두 사람은 아마도 조금 웃고 있다.

R   널 보면 네가 왜 이러는지 완전히 이해할 수 있는
     때가 있었어. 완전히 이해가 되지 않는 때도 있었
     고. 아 뭐, 포기해서는 안 된다는 얘길 하려는 게
     아냐. 하지만 지금이 적절한 때인지 의심스럽기는
     해. 만일 나한테 이런 일이 일어난다면, 내가 너라
     면, 난 가능한 많은 시간을 원할 거 같으니까. 그리
     고 너에게 두 달 더 남았다고 생각하면, 그걸 힘껏
     붙잡고 늘어졌으면 해.
M   그래.
R   뭐?

짧은 사이.

M   그래. 집으로 가.

R　　만일 나한테 이런 일이 일어난다면, 내가 너라면, 난 가능한 많은 시간을 원할 거 같으니까. 그리고 너에게 두 달 더 남았다고 생각하면, 그걸 붙잡고 늘어졌으면 해.

M　　시　시간이 네겐 무슨 의민데?

R　　시간, 시간 말이야. 난 더 많은 시간을 보내고 싶어. 너하고.

M　　난　잘　모르겠어

　　　너랑 나, 우린, 우린

　　　그런데 그게, 그게

　　　화살이　　과, 과거에서 현재로 향해.

R　　마리…

M　　그런데 우리가 말할 수 있는 건 그게 전부야. 비대칭.

R　　마리…

M　　그런데 아무도 이유는 알지 못해.

R　　그래.

M　　내 내 말 들어봐, 제발.

R　　이제 이런 얘기 그만하자.

M　　제발.

R　　이 얘길 꺼내는 게 아닌데.

M　　내 내 말 잘 들어, 제발. 물리학의 기본 법칙… 무… 무… 물리학의 기본 법칙에는 과거도 현재도

없어. 시간은 원… 원자나 분자 수준에서는 하찮은 거야. 비대칭이야.
우리에겐 우리가 함께한 모든 시간들이 있어.
넌 여전히 우리의 모든 시간들을 가지고 있을 거야.
일단 내가
일단
일단
그 시간들은 늘어나지도 줄어들지도 않을 거야.
일단 내가 가고 나면.

R   안녕 마리안.

M   롤란드. 와우, 안녕… 안녕. 어떻게 지내?

R   어, 좋아, 고마워.

M   어 잘 됐다. 잘 됐어, 정말 잘 됐어.

R   넌 어때?

M   나 너, 꿀 샀는데.

R   오, 그랬구나.

M   크라우치 엔드의 버젠스에서.

R   그래, 잘했어. 그거 정말 괜찮아.

M   계산하는 애한테 그랬어, 이 꿀 만든 사람을 전에 알았다고.

R   걔가 뭐래?

M   날 그냥 노려보던데.

R   나도 논문 읽어봤어.

M   말도 안 돼!

R   정말. 다운받아서.

M   정말 대단하다, 롤란드.

R   꿀은 어땠어?

M   맛있었어. 완전 맛있었어. 당신, 당신 볼룸댄스 배우러 온 거야?

R   그래, 아니, 맞아, 난… 그래.

M   정말.

R   헤더가 두 달 뒤에 결혼해, 그래서.

M   체육 선생이랑?

R   맞아, 그래. 기억력 좋은데. 내 두 왼발 좀 어떻게
       해보라는 명령을 받았어. 넌 어떻게?

M   비슷해, 정말. 결혼식.

R   너야 아니면…

M   아니, 아 정말, 말도 안 되는데. 나 정말 부지런한
       들러리지 뭐야. 일종의 집단 비엔나 왈츠를 출 거
       거든. 그런데 완전히 익힌 건지는 잘 모르겠어.

R   그럼 오늘이 처음? 수업 말이야.

M   아니, 두 번째. 너는?

R   첫 번째야, 그래.

M   앞이 편한 바지 입었네, 잘했어. 난 퇴근하고 곧장
       왔거든. 지난주에. 집에 들어가는데 가랑이가 씨발
       온실 같았어.

짧은 사이.

R   우리… 이따가… 네가… 우리 둘 다 너무 지치지
       않으면. 요 앞에 괜찮은 식당이 있거든. 우리… 우
       리 한잔하는 거 어때? 거기서, 거기서, 거기서 네
       가, 네가 맘이 바뀌면, 네 맘이 바뀌어서 집에 가고
       싶어지면, 그럼 그냥 집으로 가고. 그냥 집으로 가
       고 넌 날 다시 만나지 않아도 돼.

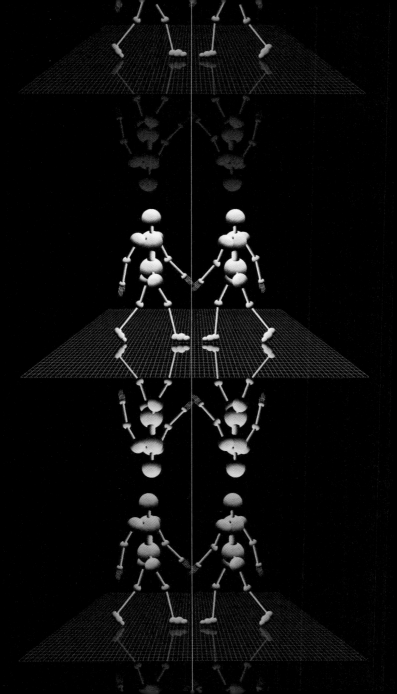

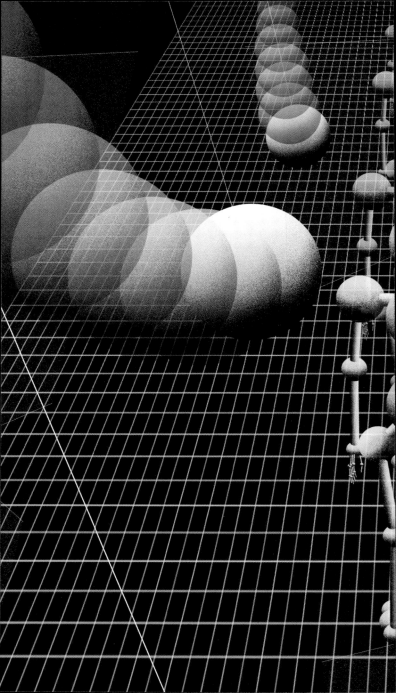

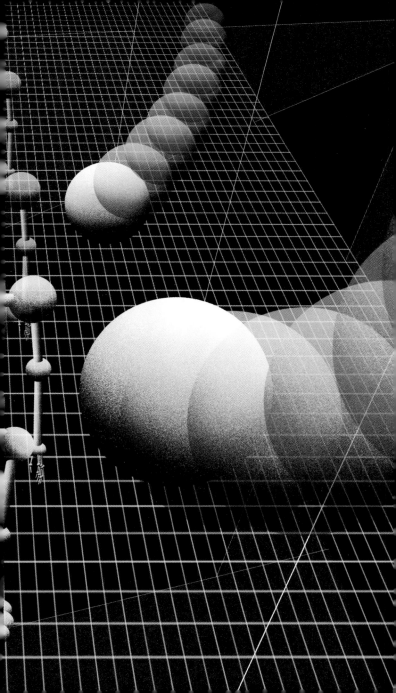

별무리

1판 1쇄 펴냄 2019년 3월 15일
1판 3쇄 펴냄 2024년 8월 5일

지은이 닉 페인
옮긴이 성수정
펴낸이 안지미
그래픽 구현성

펴낸곳 (주)알마
출판등록 2006년 6월 22일 제2013-000266호
주소 04056 서울시 마포구 신촌로4길 5-13, 3층
전화 02.324.3800 판매 02.324.3232 편집
전송 02.324.1144

전자우편 alma@almabook.by-works.com
페이스북 /almabooks
트위터 @alma_books
인스타그램 @alma_books

ISBN 979-11-5992-243-5 04800
ISBN 979-11-5992-244-2 (세트)

알마출판사는 다양한 장르간 협업을 통해 실험적이고 아름다운 책을 펴냅니다.
삶과 세계의 통로, 책book으로 구석구석nook을 잇겠습니다.